AF456649

HISTOIRE de la CHANSON
STÉPHANOISE
ET
Forézienne
depuis son origine jusqu'à notre époque
par le Chansonnier plébéien
J.-F. GONON
augmentée d'un AVANT-PROPOS
par
J.-B. GALLEY
Ancien Député de la Loire
d'une PRÉFACE
par
Xavier PRIVAS
prince de la Chanson Française
d'une INTRODUCTION
par l'AUTEUR
ornée de nombreux dessins allégoriques
et Portraits de Chansonniers
par nos meilleurs Artistes
FASCICULES Nos 34, 35, 36

Revue Trimestrielle

DE

l'Histoire de la Chanson Forézienne

DIRECTEUR-FONDATEUR : J.-F. GONON

En présence du grand succès inespéré obtenu par l'apparition de son premier volume et selon le désir exprimé par de nombreux confrères et maîtres chansonniers de notre époque, La Revue de l'Histoire de la Chanson Forézienne, *de* BI-MENSUELLE *qu'elle a été pendant de longs mois pour écouler le plus rapidement possible son ample matière accumulée depuis longtemps, deviendra* TRIMESTRIELLE *à partir de l'an prochain 1907, et cela sans interruption, comme continuation perpétuelle des faits chansonniers qui se dérouleront tour à tour sur notre sol forézien.*

Le prix de l'abonnement annuel à cette publication périodique illustrée devant faire suite à son premier volume sera de DEUX FRANCS, *tous frais d'expédition compris.*

Afin de pouvoir fixer approximativement le tirage, calculé d'après le nombre de souscripteurs, on est prié de remplir le bulletin d'adhésion ci-joint et le retourner à la direction de ladite publication jusqu'au 1er janvier 1907.

Désirant faire œuvre de conviction chansonnière et non de spéculation mercantile, l'Administration ne reculera devant aucun sacrifice pour mettre cette splendide édition de luxe à la portée des plus petites bourses prolétariennes.

On est prié de n'adresser aucun versement de montant d'abonnement avant l'apparition du premier numéro.

HISTOIRE

DE LA

Chanson Stéphanoise et Forézienne

Depuis son Origine jusqu'à notre Epoque

HISTOIRE de la CHANSON
ET STÉPHANOISE
Forézienne
depuis son origine jusqu'à notre époque
par le Chansonnier plébéien
J.-F. GONON
augmentée d'un AVANT-PROPOS
par
J.-B. GALLEY
Ancien Député de la Loire
d'une PRÉFACE
par
Xavier PRIVAS
prince de la Chanson Française
d'une INTRODUCTION
par l'AUTEUR
ornée de nombreux dessins allégoriques
et Portraits de Chansonniers
par nos meilleurs Artistes

Jean-François GONON

(D'après un cliché photographique de J. GRIVOLAT)

AVANT-PROPOS

par J.-B. GALLEY

Quand M. J.-F. Gonon me demanda un jour de présenter son travail au public stéphanois, mon premier sentiment fut de me récuser. J'avais deux bonnes raisons ; je les ai encore : je ne me crois autorisé à présenter personne ayant plutôt besoin d'être présenté moi-même ; — puis ce travail portant exclusivement sur la chanson et les chansonniers, je me juge trop incompétent sur la matière pour en parler avec quelque connaissance de cause.

Et, enfin, le dirai-je ? J'avais dans le souvenir qu'Auguste Callet fit autrefois — à propos de Philipon — une étude sur la Chanson populaire à Saint-Etienne (1) et je ne me souciais pas de parler sur ce sujet après lui ; surtout pour exprimer, en bien des points, un autre avis que le sien.

J'ai cependant accepté. C'est qu'à la lecture d'un premier manuscrit, j'ai été intéressé M. Gonon m'a fait connaître toute une école de rimeurs et de chanteurs stéphanois que, comme tout le monde, j'avais bien entrevue, mais dont je ne soupçonnais pas l'influence et dont les physionomies, attachantes, m'étaient inconnues.

Je demande la permission d'en dire quelques mots.

Pour les gens qui ont souci des lettres, la chanson évoque le souvenir d'une histoire littéraire qui, pour être de second plan, n'est, certes, pas sans intérêt. Mais quand on a dit Desaugiers, Béranger, Pierre Dupont, Darcier et Nadaud, on croit avoir résumé cette histoire au XIXe siècle et n'avoir plus grand chose à ajouter. Les initiés rappellent, comme des curiosités d'érudition, quelques-uns de ces petits poèmes qui ont dû à une émouvante impression ou à une forme bien frappée de survivre quelques dizaines d'années, ce que vivent les chefs-d'œuvre de ce genre. Après quoi, il semble qu'il faille s'intéresser aux actualités que le jour emporte, aux littératures locales, aux médiocrités laborieuses.

Il y a autre chose. Il y a une littérature populaire chantée : je dis populaire parce qu'elle exprime du peuple, sa vie, son état d'esprit, ses aspirations, ses jugements sur les événements et les hommes ; parce que c'est le peuple qui, dans la production considérable, choisit et retient les œuvres dignes de lui, donnant ainsi une mesure de sa mentalité. Il y a, en ce sens, collaboration entre la foule et les auteurs qui sont légion. Le soin qu'apporte le chanteur à intéresser son auditoire, à répondre au sentiment préféré, autant dire à rechercher le succès : telle est la forme de cette collaboration anonyme, mystérieuse, de la foule dont tout le monde fait partie. Tout chanteur un peu avisé sait bien lequel des poèmes de son répertoire lui vaut les félicitations et les applaudissements. Ce sont ces préférences qui influent sur la chanson jusqu'à

(1) On aurait bien dû la mettre en tête des œuvres de Philipon.

en imposer la manière. Et, naturellement, avec les variations de l'esprit public, les manières se succèdent, fort admirées d'abord, reprises jusqu'à satiété, abandonnées et passées enfin à l'état de « rengaines ».

Au XIXe siècle, des thèmes se sont ainsi imposés jusqu'à l'obsession. Après Waterloo, c'est la gloire militaire, la vanité du peuple-soldat ; après 1870, c'est l'Alsace-Lorraine ; en 1848, c'est la grande fraternité des peuples, le socialisme républicain du Christ qui « allait pieds nus » ; bien d'autres. Cette littérature aura son Champfleury qui en recherchera l'histoire aussi curieuse au moins que celle de l'imagerie populaire ou des faïences patriotiques.

Depuis trente ou quarante ans, sous l'impulsion de quelques volontés ardentes, la production de la chanson a pris à Saint-Etienne un développement que j'ai constaté avec surprise dans l'enquête de M. J.-F. Gonon. On a rimé beaucoup et beaucoup chanté. A ce point qu'il en est résulté comme un petit mouvement littéraire digne d'être noté dans les souvenirs de la famille stéphanoise.

Ce n'est pas que la chose soit sans précédent. Il semble que le goût de la chanson soit latent et qu'il suffise de l'éveiller. Il est d'ordre naturel ; il existe partout et a toujours existé. Pour dire les joies, les jeunesses, les amours, la vaillance des soldats ou des marins, les longues absences de la guerre et la fidélité ou l'inconstance des amoureuses, les grands événements de la vie, partout, les poètes du peuple, souvent hommes du travail, sur un rythme déjà familier, ont chanté des aventures en vers d'assonnance, Partout, l'homme du travail a tenté d'oublier les dures nécessités de la vie en laissant aller son imagination dans le domaine du rêve où les choses sont facilement comme il voudrait qu'elles fussent dans le domaine de la réalité.

Les chants d'atelier sont aussi anciens et aussi curieux que les chants de labourage. Le compagnonage fut une école de chanteurs : aux initiations, aux réceptions, aux conduites, on chantait en l'honneur du « Devoir », du métier et des camarades. Dans son livre si original sur le Compagnonage, Agricol Perdiguier — Avignonnais-la-Vertu, ouvrier menuisier — nous a laissé toute une suite de ces chansons des « Devoirs » de toutes les professions et ce recueil est d'un grand intérêt. Perdiguier chansonnait lui-même. Pour l'avoir rencontré et l'avoir entendu, Georges Sand, a écrit *Le compagnon du tour de France*. On se rappelle aussi qu'un ouvrier maçon toulonnais, Charles Poncy, est l'auteur d'un admirable recueil : *La chanson de chaque métier*, dont notre cher ami Victor Smith fit, il y a déjà un demi-siècle, l'éloge dans un journal stéphanois (1). Dans la *Revue indépendante* de 1843 ou 44, Georges Sand a publié un long travail sur les ouvriers poètes et chansonniers de ce moment.

Oui, il est sûr que l'homme de travail, pour ne connaître que de très loin les lettres de l'Académie française, ne renonce pas à tout idéal. C'est pour lui un irrésistible besoin que celui de vivre au-dessus des vulgarités de la vie, en un monde qu'entrevoit son esprit, où jadis les fils de rois épousaient les bergères, et où doivent régner demain, aujourd'hui même, fraternité et justice.

M J.-F. Gonon a voulu faire l'histoire de la chanson à Saint-Etienne. La chanson contemporaine, passe encore, mais la vieille chanson échappe et son histoire est impossible.

Il y a, cependant, des éléments. Le premier serait, à mon sens, la diffusion en ce

(1) *L'Industrie* du 30 avril 1852. C'est le *Mémorial de la Loire*.

pays des chansons qu'on a chantées partout et qui sont le patrimoine commun des provinces de France. Les recherches faites ailleurs serviraient tout aussi bien pour le pays stéphanois si quelqu'un avait le courage de les vérifier et de les poursuivre. Ce fin lettré, si artiste — et si érudit sans en avoir l'air — qui fut Gérard de Nerval s'était passionné pour ces recherches. On trouve ses notes sur les vieilles chansons du Valois dans *Sylvie*, dans *Angélique* (de la *Bohême galante*). Avec ces textes du Valois, j'ai pu — il y a quelque vingt ans — éveiller chez de vieilles gens de Saint-Etienne des souvenirs assez vifs pour qu'ils aient achevé, avec des variantes, des couplets à peine commencés. A Saint-Etienne, comme ailleurs, on a chanté :

Quand Jean Renaud de la guerre revint
Il s'en revint triste et chagrin
....

Comme partout, on a chanté l'amoureuse menée au bois, l'amante du soldat ou du marin qui sauve le déserteur, son doux ami :

....
S'en va au capitaine
Et aussi au sergent
....

Et ces vieilles, très vieilles chansons, on les sait parce qu'on les a apprises d'âge en âge et transmises avec des adaptations à des événements plus récents : comme la chanson où Pierre de Provence (qui est du Moyen-Age) devient un soldat de Louis XIV :

....
Il faut partir en guerre
Servir Louis-le-Grand
....

Je ne risque, certes, de décourager personne, mais je crains bien qu'en nos pays industriels le temps de l'enquête utile soit depuis longtemps passé.

Le second élément d'une histoire de la vieille chanson stéphanoise serait la collection des textes inédits, vraiment locaux, où le patois serait habituellement employé. On eût pu recueillir, autrefois, de cette catégorie, des choses bien étranges. Des êtres humains s'entraînaient aux fatigues les plus cruelles du travail le plus stupide par des phrases cadencées qui étaient déjà un chant d'atelier :

Fretta, fretta, Barthomieu,
....

Documents rudimentaires qui témoigneraient d'un réel avilissement. A des degrés supérieurs, on eût pu recueillir les vraies chansons des métiers, les chansons des fêtes, des jeux d'arcs. S'attend-on à voir surgir de là un chef-d'œuvre ? Il existe. C'est une chanson d'allure socialiste, du milieu du XVIIIe siècle, dit-on : *La Basana*. J'en ai parlé ailleurs.

Et, enfin, resterait un dernier élément qu'il faudrait chercher dans la vieille littérature locale venue jusqu'à nous, dans les textes imprimés et les quelques textes conservés en manuscrits. La part de la chanson dans cette littérature serait notable, en comprenant les Noëls ; elle serait réduite à bien peu si on les éliminait. Les chants de

Noël ont eu à Saint-Etienne une grande popularité ; cinquante ans derrière nous, elle durait encore. En publiant les siens, l'abbé Jean Chapelon dit qu'il a voulu faire oublier « les vilaines chansons qui font peur et offensent le bon Dieu », ce qui témoigne assez que le goût de la chanson était commun à Saint-Etienne à la fin du XVIIe siècle.

Avec de tels éléments, M. J.-F. Gonon pouvait-il faire une notice de quelque suite ? Il ne se l'est même pas proposé et je m'accuse de parler trop longuement de vieilleries à propos d'un travail qui a pour objet principal et important la chanson contemporaine.

C'est que, sur ce dernier point, manquant de lumières, je suis bien mal placé pour juger. Ce genre de petit poème exige des aptitudes que j'admire beaucoup pour en être tout à fait incapable. Développer une idée, une impression, une observation de la vie en trois, quatre ou cinq strophes ayant toutes un trait final, ordonner ce développement en une sorte de crescendo d'intérêt, faire les démonstrations par les images qui frappent, trouver la phrase concise, ailée, sonore et accomplir cette œuvre à travers toutes les difficultés du rythme et de la rime, tel est le tour de force à apprécier. Moi, je tire ma révérence.

Que les maîtres chansonniers y aient excellemment réussi, je le sais bien puisque j'en reste étonné. J'ai eu la joie de connaître Pierre Dupont à Saint-Etienne et de lui entendre quelques fois dire, plutôt que chanter, de belles choses qui, sur ses lèvres, devenaient des merveilles :

. . . .
Te souvient-il du soir d'été
Où nos âmes se sont éprises
. . . .

Mais Pierre Dupont travaillait beaucoup ses chansons et je sais avec quel souci d'artiste consciencieux et aussi avec quel effort il conservait la sincérité de son inspiration. Se tromperait-on en disant que c'est le petit nombre des poètes de la chanson qui est capable d'un tel effort ? C'est en ce genre surtout que la strophe, le couplet veux-je dire, s'oriente aisément vers le rythme facile ou la rime heureuse au risque d'oublier en chemin ce qu'il était chargé de dire.

Et, cependant, impossible de n'être pas surpris des résultats obtenus. Ils sont nombreux à Saint-Etienne ces poètes de la chanson — la plupart des ouvriers — qui tournent le couplet avec aisance. Il en est quelques-uns qui mettent dans ces couplets un sentiment si personnel et si original, à mon sens, que j'y verrais la marque d'une véritable vocation, si je n'avais les meilleures raisons de me récuser en ces matières.

M. J.-F. Gonon est lui-même un exemple de cette ascension du peuple qui travaille au goût littéraire. Il est des plus humbles et des plus vaillants. Que dans la petite condition qui est la sienne, que dans la presque misère de sa vie, il ait écrit tant de vers, rythmé tant de couplets, qu'il se soit donné tant de peine pour faire connaître les œuvres des confrères plus malheureux que lui, je dis que c'est admirable Il a lui-même, raconté sa pauvre existence, celle des siens avec autant de sincérité qu'il a mis de bon cœur à raconter celle des camarades. J'ai trouvé, pour ma part, cette lecture attachante. Il y a là une liberté de jugement, un amour de véracité qu'on soulignerait à toutes les pages. Si on lui reprochait de s'être passionné pour son sujet, de s'exagérer de petits débats d'école, on lui reprocherait ce qui est sa qualité : la flamme. Il a le tourment de quelque chose d'élevé; la seule ambition qui l'agite est celle de dire en une forme un peu digne des choses belles dont il a l'intuition. Il est surtout d'un désintéressement stoïque, tous ses efforts tendant à une œuvre de propagande, à une sorte d'apostolat ouvrier.

Car la Muse qui inspire le plus souvent ces poètes de l'atelier est bien celle qui inspire aussi l'éloquence des luttes socialistes. C'est celle qui crie le redressement des accablés, la part au soleil pour tous les fils des hommes, l'idéal de Justice. Combien j'ai de regrets de ne pouvoir m'associer à tant d'illusions qui furent, je pense, celles de toutes les jeunesses. Ah ! que cette politique de poésie où les élans du cœur sont des solutions est différente de celle des intérêts et des passions qui est la politique fatale, la politique de tous les temps, celle que raconte l'Histoire ; sombre drame où le pauvre monde n'a bénéficié que de quelques rares embellies. C'est, je le répète, l'illusion de toutes les jeunesses qu'elles espèrent obtenir la fin des misères sociales. Pourquoi en voudrait-on à ces poétes de partager ces illusions et de chanter leurs espérances et leurs combats ? Ils apprendront assez tôt ce qu'il y a de décevant dans cette recherche de l'absolu et ce sera la mélancolie de leurs vieilles années de constater que leur expérience ne servira pas d'exemple à ceux qui entreront alors dans la carrière, qui jeunes aussi, après eux, aussi inutilement qu'eux, reprendront les mêmes combats avec la même indomptable espérance, ignorant les déceptions de leurs aînés, ignorant peut être leurs aînés eux-mêmes.

J.-B. GALLEY.

PRÉFACE

par Xavier PRIVAS

I

Mortels humains, nous sommes tous des frères
Par la Nature aux trésors précieux ;
Hâtons-nous donc de supprimer nos guerres
Et d'abolir nos travaux périlleux.
L'amour séduit et les uns et les autres
Par les attraits et les charmes qu'il a,
Rendons-le libre au cœur de ses apôtres
Je veux aimer avec ce rêve-là !
. . . .

La chanson libre au rôle humanitaire,
Fille du Peuple et de la Vérité,
Fait espérer au pauvre prolétaire
Le règne heureux de la Fraternité !
Avec Leroy, Pottier, Dupont et Gille,
Dans ce beau rêve, en France, elle excella :
Près d'une muse énergique et virile,
Je veux chanter avec ce rêve-là !
. . . .

(Mon Rêve, J.-F. Gonon.)

Bravo ! ami Gonon. Ce rêve est celui d'un chansonnier sincère et bon qui n'ignore pas l'importance sociale de la chanson et sa puissance éducative.

Comme je le disais un jour à mon ami *Louis Lumet,* le critique délicat de la *Petite République,* l'histoire de la chanson est intimement liée à celle de notre pays et la plupart de nos contemporains ne connaissent les grandes heures tragiques ou douces du passé, que par les chansons qu'elles ont inspirées.

La chanson, selon l'expression charmante de Chebroux, est la poésie du peuple.

Cette poésie doit être saine et réconfortante et c'est à sa source que l'homme simple puisera l'amour du travail, de l'équité, de l'indulgence.

A la période d'évolution où nous sommes, il faut que toutes les forces intellectuelles s'unissent pour assurer le triomphe de la raison sur le préjugé, de la justice sur l'iniquité, de l'amour sur la haine, de la vérité sur le mensonge.

Et la chanson est une force qu'il faut employer à dicter aux hommes leurs devoirs et à leur enseigner leurs droits.

Les bardes de jadis avaient comme mission d'entraîner les guerriers au combat et de chanter leurs exploits et leur gloire. Les bardes de notre époque ont pour mission de conduire les hommes à la lutte pacifique du travail et de célébrer leur bonheur dans l'universel amour.

Cette mission fut la vôtre, mon cher Gonon, et vous l'avez remplie sans relâche, sans défaillance, sans amertume, car dans vos luttes incessantes, la muse *énergique et virile* qui vous inspira les vers du *Cénacle Plébéien* fut votre souveraine égide :

. . . .
Dans le Vrai, le Bien, le Beau,
Il puisera sa maxime,
Du grand peuple qu'on opprime
Il sera le clair flambeau !

Du faible traîne-misère,
Du paria pauvre hère,
En partageant la colère
Il deviendra le soutien.
L'ère du bonheur se lève
Pour réaliser le rêve
Du chansonnier *plébéien!*

Bravo, encore, ami Gonon !

La Vérité, la Bonté et la Beauté sont les trois bases fondamentales de la Vie Heureuse.

Il appartenait au poète du peuple, que vous êtes, de les glorifier hautement et sincèrement. Vous l'avez fait avec toute votre conscience, avec toute votre foi, avec tout votre cœur. Merci au nom de la poésie humaine !

II

Mais la chanson n'est-elle pas l'expression la plus ancienne, la plus juste, la plus vraie et la plus forte de la Poésie Humaine?

Alcée, Tyrtée, Anacréon, Horace, n'étaient-ils pas de tendres et vigoureux poètes chanteurs ?

Et les trouvères, les troubadours, les ménestrels qui chantaient en se faisant accompagner par la *citole* ou le *rebec,* leurs *sirventes, tensons, coblats* et *sixtines,* n'étaient-ils pas les chantres inspirés de la vie, de la lutte, du courage et de la beauté ?

Thibaut, comte de Champagne et roi de Navarre, n'est-il pas regardé par les érudits comme le *père de la Chanson française* et n'a-t-il pas célébré dans ses renommés *jeux-partis* la passion qu'il ressentait pour la reine Blanche de Castille, mère de saint Louis ?

Et *Geoffroy Rudel,* prince de Blaye, ce croisé de l'amour qui, follement épris de la comtesse de Tripoli, dont des pèlerins revenant d'Antioche lui avaient fait un séduisant portrait, la choisit pour dame et s'embarqua pour la rejoindre ; n'était-il pas le plus sincère des poètes humains, puisqu'il vivait, chantait, souffrait et mourait pour cette *princesse lointaine,* sa chimère, sa croyance, sa tendresse ?

Et *Villon,* le pauvre et grand Villon, le poète verveux, aux saillies piquantes, qui regrettait les *neiges d'antan,*

Et *Clément Marot,* qui déplorait en ces termes exquis la fuite des années :

Plus ne suis ce que j'ai été
Et plus ne saurais jamais l'être,
Mon beau printemps et mon été
Ont fait le saut par la fenêtre.

Et *Charles d'Orléans,* petit-fils de Charles V, qui, durant une captivité de 25 ans, composait des rondels et chansons, d'une poésie charmante de naïveté et remarquable par le tour des phrases et l'originalité des images :

« *La fenêtre de mes yeux,*
La nef de bonne nouvelle,
La maison de ma pensée,
Etc., etc. »

Et *Pierre de Ronsard* qui infusa un sang nouveau à la langue française et mit dans ses poèmes une harmonie inconnue et puissante, ne sont-ils pas les précurseurs, et les maîtres de tous les chercheurs d'idéal, de tous les prêtres de rêve, de tous les prophètes de justice, de tous les apôtres d'humanité que sont les purs et nobles poètes de notre ère?

« La chanson, a dit, quelque part, M. Jules Destrée, est, reste et restera ce qu'elle fut toujours depuis l'aurore des peuples : l'une des expressions les plus humaines de la pensée.

« Avant l'imprimerie, et avant l'écriture, ce fut à la chanson que nos premiers ancêtres demandèrent de perpétuer la trace des événements mémorables; et les batailles et les victoires, les chasses et les expéditions, les naissances, les mariages et les morts se commémorèrent dans des chants.

« La chanson est au début de toute littérature et, malgré le développement de l'art d'écrire, elle ne meurt point, car rien ne peut la remplacer. Elle vole, d'âge en âge, sur les lèvres des hommes et telle des mélodies que fredonne le passant a des siècles d'existence. Elle a pour auteur la foule qui la transforme à son gré.

« Elle est merveilleusement révélatrice de la race et de l'âme des peuples. Elle s'adapte aux conceptions collectives, elle les traduit avec une éloquence expressive et touchante. »

Justes paroles, car la chanson gaie ou triste, folle ou tragique, caustique ou grave, douce ou pathétique, exprime dans sa concision, dans sa clarté, dans sa grandeur, toute la philosophie de la vie, philosophie que le grand Shakespeare définit par ces mots : « Demain, et demain et demain, c'est ainsi que de jour en jour, à petits pas, nous nous glissons jusqu'à la dernière syllabe du temps inscrit sur le livre de nos destins, et tous nos hiers n'ont été que des fous qui nous ont ouvert la route vers la poussière et la mort. La vie, ce n'est qu'une ombre qui marche ; un pauvre comédien qui gambade et s'agite sur le théâtre pendant l'heure qui lui est accordée, et dont on n'entend plus parler ensuite ; c'est un conte récité par un idiot, un conte plein de tapage et de fureur et qui ne signifie rien. »

III

M. Julien Tiersot, dans sa magnifique *Histoire de la Chanson populaire en France*, dit avec raison : « La chanson est la première forme sous laquelle les peuples ont conçu la poésie et la musique. Vers et mélodie naissent ensemble, inséparables d'abord. Le vers n'est-il pas l'intermédiaire naturel entre la parole et le chant, lui qui possède de ce dernier l'élément vital par excellence, le rythme? »

Et le bon poète *Emile Blémont* dans son admirable défense de la tradition populaire intitulée *Le Génie du Peuple*, au cours de laquelle il commente avec autorité l'œuvre savante de *Julien Tiersot*, s'écrie éloquemment :

« Le peuple est un poète, un très grand poète, le plus grand de tous les poètes ! »

Ces paroles me reviennent à l'esprit, en relisant avec le plus vif intérêt et l'attention la plus soutenue, l'étude complète, documentée, définitive de la *Chanson stéphanoise et forézienne*, due à la plume curieuse, franche, amusante et bienveillante du chansonnier J.-F. Gonon.

Soit qu'il remonte aux origines de la chanson de son pays et cite cette jolie romance d'autrefois :

Lune! Lune blanche!
Prête-moi ta lance
Pour aller en France,
Prête-moi ton cheval gris
Pour aller en paradis.
Le paradis est si beau,
Qu'on y trouve trois agneaux
Il y a de jolies fillettes
Qui dansent sur les violettes,
Et puis de jolis garçons
Qui y jouent du violon.

Soit qu'il relate avec piété les faits saillants de la vie de *Rémy Doutre*, le *Béranger de la Loire*, selon l'expression d'*Eugène Imbert*, et rappelle son chant fraternel des mineurs qu'une horrible et récente catastrophe remet au premier plan de l'actualité :

Pour arracher le charbon de la terre,
A chaque instant, la mort plane sur eux;
C'est l'eau, le feu, c'est l'odeur délétère,
L'éboulement au fracas ténébreux,
Qui, tout à coup, viennent ravir dans l'ombre
La vie à l'homme, ô comble de malheurs!
Ces accidents sont fréquents et sans nombre,
Fils de Caïn, bénissez les mineurs.

Soit encore qu'il signale à l'attention de ses lecteurs *La Forézienne* du regretté *Joseph Maissiat* :

Il est en ce monde
Plus d'une beauté
Fille brune ou blonde
Au teint velouté ;
Mais la vierge aimable
Sans nul à peu près,
Naquit, c'est probable,
Dans le vieux Forez.

Soit aussi qu'il désigne à l'admiration des lettrés les vers exquis du délicat et spirituel poète *Léon Merlin* :

J'aime la chanson saine et forte
Qui console et qui réconforte
L'ouvrier dans ses durs labeurs;
Et je rends hommage à la plume,
Sachant, aux accords de l'enclume
Faire chanter des vers charmeurs.

Soit enfin qu'il loue avec justice les ravissants *Sonnets foréziens* de l'ami *Antonin Lugnier*; la *Berceuse d'Amour*, poème d'adorable douceur d'*Eugène Parel*, le très aimable président du *Caveau Stéphanois*; la *Chanson du Métier*, de *Benjamin Ledin*, cet apôtre du travail, de la fraternité, de l'harmonie; les *Rimes figaresques*, du charmant poète *Johannès Merlat*; les *Petits Sabots*, du talentueux poète-musicien *Pétrus Béguin*; le vaillant sonnet *le Syndicat*, de Valette; *les Résignés*, du vibrant poète Paul Massoulier; la *Démoulicioun do Marthourey*, du joyeux chansonnier gagat *Benoît Royet* et l'admirable chanson d'*Antoine Roule* : *le Dernier Epi*, d'une envolée si magistrale, d'une philosophie si puissante, d'une pensée si noble, d'une forme si parfaite, qu'elle place son auteur au premier rang des poètes chansonniers français contemporains; c'est toujours le *Génie du Peuple* que l'historien exalte et glorifie, car le peuple, je le répète, après Emile Blémont, est un poète, un très grand poète, le plus grand de tous les poètes.

C'est au peuple poète que peut s'appliquer la boutade de *Pierre Lachambeaudie* :

Misère, à tes assauts, ma constance est égale;
Tu ne saurais m'épouvanter.
Que le siècle-fourmi rebute la cigale,
Toujours on entendra la cigale chanter.

Chantez donc, cigales du pays noir, poètes du Forez, et la faveur de demain ira à vous, si, cédant aux conseils avisés de mon ami *Jules Hoche*, l'auteur distingué de ce livre sincère et douloureux : *Confessions d'un Homme de Lettres*, vous exprimez de hautes et généreuses idées de penseurs et de moralistes, et si votre imagination et votre observation s'objectivent sur le domaine immense de la vie sociale.

Chantez, mes bons frères du pays du labeur, chantez les gloires du passé, les luttes du présent, les joies de l'avenir. Chantez l'Espoir.

Mais qu'est donc l'Espoir, me direz-vous?

Et je vous répondrai ce que mon vieil ami le poète Charles Tenib et moi nous répondons à Pierrot, dans notre fantaisiste *Echine* :

En le social désarroi
Que ta juste colère clame
C'est le Fantôme de la foi,
Qui veille aux ruines de l'âme;
C'est dans les saharas humains
L'oasis fraîche qui recèle
Pour les luttes des lendemains
Une vitalité nouvelle.

De la cassolette du cœur
C'est un parfum qui se dégage,
De l'ère du futur bonheur
C'est l'auroral et doux présage,
C'est l'étendard impérieux
De l'homme assoiffé de conquêtes,
C'est le viatique des gueux
Et la richesse des poètes!

Mais que chante l'Espoir? ajouterez-vous.

Et l'Espoir vous dira ce qu'il chante à l'éternel et mélancolique amant de Tanit :

O poète déshérité
Voici que notre humanité
Cède au poids de sa vétusté
Et ploie.
Et voici que triomphe enfin
A la clepsydre du destin
L'heure divine d'un matin
De joie!

En ce monde où tu fus jeté
Ne te laisse, ô doux révolté,
Par les coups de l'adversité
Abattre;
Car, en dépit des lois d'amour,
Du premier à l'ultime jour,
L'être ici-bas ne vit que pour
Combattre.

Lutte afin que la vérité
Triomphe de l'iniquité,
Et qu'un soleil de liberté
Se lève,
Astre idéal de l'Avenir
Qui fera germer et fleurir,
Cette moisson lente à mûrir :
Ton Rêve.

Chantez, mes chers amis du pays stéphanois, chantez pour préparer l'*Age d'Or* prédit par notre illustre prédécesseur Eugène Pottier :

Voici venir l'âge vermeil,
Mets, Peau d'Ane transfigurée,
Ta robe couleur du soleil :
La Justice a fait son entrée.
Par l'esclavage abrutissant
Et par la misère écrasée,
Tu couchais dans un lit de sang.
Eveille-toi dans la rosée !

Races, venez de toutes parts,
Creusez l'être par la science.
Individus, cerveaux épars,
Vous n'êtes qu'une conscience.
Tous les fléaux vont s'apaiser.
La nature n'est plus farouche,
Et la vie est un long baiser
Que l'homme lui prend sur la bouche.

O Terre, voici l'Age d'Or !
Sous la bannière cramoisie.
Déroule ton beau Messidor
Salut l'Amour ! Salut la Poésie !

Chantez avec ardeur, foi et courage pour que l'on dise bientôt de vous ce qu'*Eugène Chatelain* a dit en ces termes familiers de l'auteur de cette Histoire :

Dans le Forez, un bon chansonnier brille :
François Gonon, *concepteur épatant.*
Fécond, actif, que la muse émoustille,
Fit le serment de mourir en chantant.
Né sans domaine
De front il mène
Travail et chant, joie et publicité,
Et, pour sa gloire,
La ville noire
Porte son nom à la Postérité !

Xavier PRIVAS.

Paris, 19 Avril 1906.

INTRODUCTION

PAR L'AUTEUR

A mes deux fils, Marcel et Philippe, je dédie ce livre que j'ai écrit en l'honneur du Prolétariat chantant de mon pays natal.

« En ce temps-ci, les romanciers abondent, et beaucoup d'entr'eux ont du talent. Les romans nouveaux s'étalent par centaines aux devantures des libraires; puis, malheureusement, disparaissent, invendus pour la plupart, car l'offre surpasse de beaucoup la demande. S'il m'était permis de donner un conseil aux jeunes débutants qu'irrite et décourage cette apparente indifférence du public, je leur dirais volontiers : « Appliquez vos qualités de style et d'observation à nous conter avec sincérité vos impressions d'enfance et de jeunesse, à nous peindre le coin de terre campagnarde, la petite ville de province où vous avez grandi ; nous y gagnerons, et vous aussi ; car vous aurez produit une œuvre intime, colorée, vivante, et vous attirerez à vous tous ceux qui veulent, dans un livre, sentir battre le cœur humain. Vous nous ferez ainsi connaître et aimer votre propre personnalité d'abord, puis un canton de la terre française. »

Je lisais ces lignes un matin dans *Le Journal*, sous la signature d'André Theuriet. Elles m'ont donné à réfléchir... et c'est le résultat de ces réflexions que je livre aujourd'hui au public sous la forme de *Mémoires*.

Une simple autobiographie eût manqué d'intérêt ; à mon histoire personnelle se mêlera celle de la Chanson locale, forézienne et française. Mes relations amicales avec les maîtres-chansonniers de notre époque et les précieux documents que j'ai recueillis pendant trente-cinq ans de lutte chansonnière m'engagent à tenter cette entreprise.

« Conter avec sincérité » mes impressions, peindre la ville où j'ai grandi, et surtout faire connaître et aimer la Chanson, tel est le but que je me suis proposé. Le lecteur s'intéressera-t-il à cette œuvre ? je l'espère, s'il est vrai que, comme l'écrivait dans le même article l'éminent académicien « l'homme qui avec une bonne foi, nous narre son histoire et celle du milieu dans lequel il a vécu a de sérieuses chances de piquer notre curiosité et de gagner notre cœur. On n'est jamais si éloquent que lorsqu'on parle de soi-même. »

***

Il n'est peut-être pas de ville en France où la Chanson se soit, en un demi-siècle, aussi brillamment développée qu'à Saint-Etienne-en-Forez.

Si, proportionnellement au nombre de ses habitants, le village des *Ségusiaves* est devenu progressivement une des premières villes industrielles du monde, il est aussi par excellence une ruche où bourdonnent, l'un aidant l'autre, le Travail et la Pensée.

A quoi doit-on attribuer cette triomphale manifestation poétique si ce n'est à la généreuse initiative des véritables enfants du peuple ?

Ce n'est pas seulement pour défricher la terre, tisser la soie, extraire la houille, frapper le fer que de vaillantes équipes d'ouvriers travaillent en chantant et chantent en travaillant :

Nous dont la lampe, le matin,
Au clairon du coq se rallume;
Nous tous qu'un salaire incertain
Ramène avant l'aube à l'enclume;
Nous qui des bras, des pieds, des mains,
De tout le corps luttons sans cesse,
Sans abriter nos lendemains
Contre le froid de la vieillesse,

Quel fruit tirons-nous des labeurs
Qui courbent nos maigres échines?
Où vont les flots de nos sueurs?
Nous ne sommes que des machines.
Nos Babels montent jusqu'au ciel,
La terre nous doit ses merveilles :
Dès qu'elles ont fini le miel,
Le maître chasse les abeilles.

Aimons-nous, et quand nous pouvons
Nous unir pour boire à la ronde,
Que le canon se taise ou gronde,
Buvons (ter)
A l'indépendance du monde ! (1)

Nos bras, sans relâche tendus,
Aux flots jaloux, au sol avare,
Ravissent leurs trésors perdus,
Ce qui nourrit et ce qui pare :
Perles, diamants et métaux,
Fruit du coteau, grain de la plaine;
Pauvres moutons, quels bons manteaux
Il se tisse avec votre laine !

Mal vêtus, logés dans des trous,
Sous les combles, dans les décombres,
Nous vivons avec les hiboux
Et les larrons amis des ombres;
Cependant notre sang vermeil
Coule impétueux dans nos veines;
Nous nous plairions au grand soleil
Et sous les rameaux verts des chênes.

Au fils chétif d'un étranger
Nos femmes tendent leurs mamelles,
Et lui, plus tard, croit déroger
En daignant s'asseoir auprès d'elles;
De nos jours, le droit du seigneur
Pèse sur nous plus despotique :
Nos filles vendent leur honneur
Aux derniers courtauds de boutique.

A chaque fois que par torrents
Notre sang coule sur le monde,
C'est toujours pour quelques tyrans
Que cette rosée est féconde :
Ménageons-le dorénavant,
L'amour est plus fort que la guerre.
En attendant qu'un meilleur vent
Souffle du ciel ou de la terre.

Aimons-nous, et quand nous pouvons
Nous unir pour boire à la ronde,
Que le canon se taise ou gronde,
Buvons (ter)
A l'indépendance du monde !

(1) *Le Chant des Ouvriers*, de Pierre Dupont (1846).

C'est ainsi, haut le cœur... et la voix, qu'ils consacrent leurs loisirs à égayer, à instruire, à soulager ou à défendre leurs frères, dans la bonne ou la mauvaise fortune, par leurs chants d'allégresse, d'amour ou de revendication.

Mais ce qu'il y a de plus surprenant encore, c'est que ces éléments chansonniers, naguère épars, sont arrivés non sans peine à se grouper, à se constituer en pléïades fraternelles, estimant avec raison que combattre isolément, fut-ce pour la même cause, c'était « chanter » dans le désert. L'union devait amener la publicité; et quel autre moyen de publicité pour les auteurs — on sait s'ils sont nombreux — qui n'ont pas les moyens de faire imprimer leurs œuvres?

En ces temps de progrès — et de misère — où les élucubrations ordurières envahissent de plus en plus les endroits où l'on chante, ces réunions littéraires de bons vivants devraient être considérées comme des associations de salubrité publique.

Je sais bien qu'il n'est pas possible d'empêcher ces malsaines et contagieuses productions de se répandre puisque c'est le public lui-même qui les demande et qui les applaudit avec d'autant plus de frénésie qu'elles sont plus idiotes dans leur crudité ou plus *poivrées* dans leur ineptie, j'allais dire ineptes scies.

La chanson est morte, nous disent-ils, comme si la chanson peut mourir, et ils se précipitent dans les « beuglants » :

Que le diable vous emporte,
Sots prophètes de malheur
Qui disant la chanson morte
Lui donnez un traître pleur!
Venez admirer la plaine
Et nos gentils oisillons
Qui chantent à perdre haleine
Dans les bois et les sillons ;
Vous entendrez ce murmure
Qui nous répète tout bas :
— Tout chante dans la nature :
« Non! la chanson ne meurt pas! »

Le ruisseau caché dans l'herbe,
Le grillon près du foyer,
Le vent caressant la gerbe,
Chantent pour nous égayer.
Le rouet de l'ouvrière,
La cigale du buisson,
Le moulin de la meunière,
Chacun chante sa chanson ;
Et toujours ce gai murmure
Vient nous redire tout bas :
— Tout chante dans la nature
« Non, la chanson ne meurt pas ». (1)

Que les municipalités encouragent donc les sociétés chansonnières ; elles pourraient faire un plus mauvais usage de leur argent.

Ne soyez pas ingrats pour nos musettes,
Songez aux maux que nous adoucissons ;
Pour s'en tenir au lot que vous lui faites
Le pauvre peuple a besoin de chansons.

Ces vers que Béranger chantait jadis en rappelant les infortunes du chansonnier Emile Debraux sont encore de circonstance aujourd'hui.

Le pauvre peuple a besoin de chansons...

Oui, mais il est *pauvre* et ne peut les payer, écrit avec raison Eugène Imbert dans la préface des œuvres de Rémy Doutre.

(1) *La Chanson ne meurt pas*, de Rémy Doutre *(Lyon, août 1884).*

J.-B. Clément reconnaît également que :

Le pauvre peuple a besoin de chansons

mais de celles qui ne l'induisent pas en erreur.

Voici comment il s'exprime dans l'énergique préface de son livre :

« Je dis même qu'il ne faut plus faire en chanson, de la philosophie évangélique à l'usage des pauvres gens et au mieux des intérêts des heureux et des égoïstes. Je dis que sous prétexte de bonne humeur, d'indifférence, de jeunesse, de résignation, il ne faut plus, même sous une forme aimable, chanter au peuple comme l'a fait Béranger :

Dans un grenier, qu'on est bien à vingt ans !

car à cela je répondrai qu'un grenier, quel qu'il soit ne fait pas le bonheur, et qu'après tout on est aussi bien à vingt ans, si ce n'est mieux, dans une chambre confortablement meublée où l'on a de l'espace, de l'air et du soleil.

« C'est également abuser de la simplicité du peuple que de lui faire chanter :

Les gueux, les gueux,
Sont des gens heureux,
Ils s'aiment entr'eux,
Vivent les gueux !

« C'est de la bonne humeur aux dépens des souffrances des autres. Reprenant ce sujet qui malheureusement est encore d'actualité, j'ai cru qu'il était plus conforme à la vérité de dire :

Les gueux, les gueux,
Sont des malheureux,
S'ils s'aimaient entr'eux,
Tout irait mieux !

« Est-ce qu'on fait œuvre de penseur lorsqu'après avoir parcouru les galeries sombres des mines et vu les mineurs travailler, les uns couchés sur le dos, et les autres à croupetons, on remonte au soleil poétiser les fatigues, les privations, le dur labeur et l'estomac complaisant de ces martyrs ? Est-il honnête pour leur faire supporter le joug qu'ils subissent de faire briller à leurs yeux des espérances de vie éternelle et de paradis, alors que leur vie est un enfer, qu'ils ne gagnent même pas de quoi vivre comme des hommes, et que la seule chance qu'ils aient de se soustraire à une vieillesse plus misérable encore est de finir écrasés par un éboulement ou mutilés par le grisou ? »

S'il y a des gens qui trouvent ce raisonnement exagéré, ce ne sont assurément pas les enfants de Saint-Etienne qui sont trop souvent les témoins ou les victimes des épouvantables catastrophes minières.

Est-ce pour étouffer l'éclosion des chantres prolétariens que nos quarante prétendus immortels ont biffé solennellement de la liste des concours de l'Académie française, le prix de six cents francs fondé par le philanthrope Montariol en faveur de l'auteur de la meilleure chanson ?

Je ne veux point croire que ces honorables inamovibles aient voulu faire le jeu de la beuglante prostituée au détriment de la vertueuse muse, mais ne dirait-on pas qu'ils veulent se venger sur les disciples de Béranger de la leçon que leur donna le roi de la Chanson en dédaignant leur fauteuil ?

Non, mes amis, non je ne veux rien être ;
Semez ailleurs places, titres et croix,
Pour l'Institut Dieu, ne m'a pas fait naître ;
Oiseau chétif, je fuis la glu des rois.
. . . . .

Et ce mémorable toast chansonnnier que Clairville rima et chanta jadis, en 1866. au Palais Royal, en l'honneur de la réception fraternelle de Jules Janin au *Caveau Parisien,* n'est-il pas une fine raillerie à l'adresse de l'Académie française, qui peu de temps après devait quand même s'enorgueillir de recevoir dans son sein notre illustre compatriote, ami de la chanson ?

A notre reine !
A la Chanson
Buvons à son
Titre de souveraine.
Son pouvoir mène
Le genre humain
Et nous amène
Ici Jules Janin.
Bravo ! Bravo !
Barde nouveau,
Pour le Caveau
Qu'en ce jour il visite ;
C'est un bonheur,
C'est un honneur ;
Garçons, bien vite
Un fauteuil... ô malheur !

Viens, suis la trace
D'Anacréon,
Toi, dont le nom
Déjà rappelle Horace.
L'esprit, la grâce
Ont, de nouveau,
Marqué ta place
En tête du Caveau.
Tout le pouvoir
Du gai savoir
Tu peux l'avoir,
C'est l'esprit qui le donne ;
Pour le prouver
Sans trop rêver,
Une couronne,
On peut te la trouver,

Quoi ! nous n'avons pas de fauteuil !
Prends cette chaise,
Elle n'est pas mauvaise,
Recevrais-tu meilleur accueil
Si nous avions à t'offrir un fauteuil ?

Mais nous n'avons pas de fauteuil,
Prends cette chaise,
Elle n'est pas mauvaise,
Recevrais-tu meilleur accueil
Si nous avions à t'offrir un fauteuil ?

Voici maintenant ce qu'un poète humouristique a écrit à ce sujet dans le *Gaulois* :

La vieille dame Académie
Vient noblement de se venger
De la Chanson, cette ennemie
Qui si souvent l'a fait rager.

Puisque l'on me blague sans cause,
Dit la vieille grincheuse, eh bien !
Refusons donc le legs de Chose
On ne blaguera plus pour rien.

Mais la butte *rit de sa rage*
Car la vieille par son mépris,
Vient de formuler cet adage :
Bonne chanson n'a pas de prix !

Pour clore cette question, citons encore deux couplets de la chanson de J.-B. Clément : *L'Académie et la Chanson*, pièce couronnée en décembre 1898, au concours hebdomadaire de l'*Aurore* :

Comme le siècle est au grand art,
La poésie à l'étiquette
Et l'Académie à Pingard,
Les quarante ont banni Lisette.
La pauvrette est trop sans façon
Dans sa tenue et son langage,
L'Académie et la Chanson
Ne pouvaient faire bon ménage.

. . . .

La pauvrette dit trop souvent
Des vérités aux grands du monde,
Sans regarder d'où vient le vent,
De quel côté l'orage gronde.
Elle a fait bien trop de prison
Pour délits de franc badinage...
L'Académie et la Chanson
Ne pouvaient faire bon ménage.

. . . .

BÉRANGER

Quel changement inattendu en un demi-siècle !

L'Académie qui se serait fait une gloire de recevoir le chantre de Lisette ferme aujourd'hui ses portes à la chanson sous prétexte qu'elle n'est pas *littéraire* : ce sont les propres termes du rapporteur.

Pas littéraire, la chanson de Pierre Dupont, de Ch. Gille, de Pottier ! Mais, au fait, ces messieurs ne connaissent peut-être pas d'autre chanson que les rengaînes des cafés-concerts..., alors je suis de leur avis : ça manque de littérature.

Chansonniers, mes frères, nous ne chanterons pas sous la coupole !

Eh bien ! nous chanterons chez nous, dans nos *Caveaux* ou nos *Goguettes*. C'est là que chantait Béranger :

Au Caveau (1), *je n'osais frapper ;*
Des méchants m'avaient su tromper :
C'est presqu'un cercle académique
Me disait maint esprit caustique ;
Mais que vois-je ! des bons amis
Que rassemble un couvert bien mis.
— Asseyez-vous, me dit la Compagnie —
Non, non, ce n'est point comme à l'Académie,
Ce n'est point comme à l'Académie.

Je me voyais, pendant un mois,
Courant pour disputer les voix
A des gens qu'appuierait le zèle
D'un grand seigneur ou d'une belle,
Mais faisant moitié du chemin,
Vous m'accueillez le verre en main ;
D'ici, l'intrigue est à jamais bannie.
Non, non, ce n'est point comme à l'Académie,
Ce n'est point comme à l'Académie.

(1) La fondation du vieux *Caveau* date de 1734. Le premier dîner offert à Gallet fut présidé par Crébillon père.
Les réunions des membres du *Caveau* avaient lieu le 1er et le 16 de chaque mois. Pendant six années, elles durèrent sans interruption.
Vers 1739, le *Caveau* fut un peu négligé par ses adeptes et se ferma.
En 1759, Piron, Crébillon fils, Gentil-Bernard et le vieux Panard essayèrent de le ressusciter. Le *Caveau* suspendit ses

Je croyais voir le Président
Faire bâiller en répondant
Que l'on vient de perdre un grand homme,
Que, moi, je le vaux, Dieu sait comme !
Mais ce président sans façon (1)
Ne pérore ici qu'en chanson ;
Toujours trop tôt sa harangue est finie.
Non, non, ce n'est point comme à l'Académie,
Ce n'est point comme à l'Académie (2).

Ainsi les maîtres de la Chanson, dédaigneux des honneurs, recherchaient uniquement l'estime et l'amitié de leurs confrères, estimant avec raison qu'une séance du *Caveau* offrait autant d'intérêt et plus de gaîté qu'une réunion solennelle d'habits brodés et de palmes vertes.

En ceci éclate surtout leur modestie, qualité assez rare qui les distinguait tous.

Après Désaugiers, c'est Béranger, Dupont, Nadaud qui s'attachent bien plus à faire valoir les œuvres des chansonniers moins illustres qu'à faire apprécier les leurs.

En 1884, Gustave Nadaud fait éditer à ses frais, ce qui déjà n'est point banal, les œuvres d'Eugène Pottier et au contraire de certains préfaciers qui, sans s'en douter souvent, ne voient dans les quelques lignes où ils présentent au public un confrère moins connu, qu'une occasion de parler d'eux-mêmes — hautaine et protectrice présentation — l'auteur des *Deux Gendarmes* s'incline devant le talent qu'il vient révéler au lecteur et semble reconnaître comme son maître le doux et modeste poète *dont il ignora pendant longtemps l'existence.*

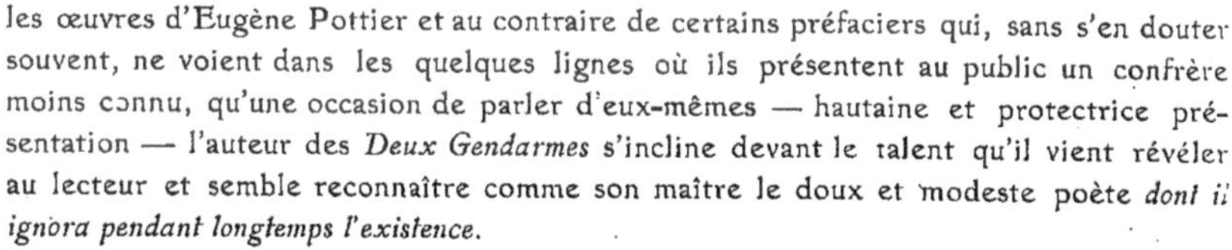

Mais quelques lignes de cette préface feront mieux ressortir l'exquise modestie, je dirais volontiers la grandeur d'âme de Nadaud :

« C'était, je crois, en 1848, après les journées de juin. Un de mes amis, ardent démocrate, me proposa de me conduire dans un restaurant où se réunissait, non la jeu-

séances en 1772. Il reparut en 1806, avec Armand Gouffé, Laujon, Piis, Philippon de la Madelaine, etc., chez Balaine au restaurant du *Rocher de Cancale.*

En 1811, Désaugiers y amena Béranger. Le *Caveau* disparut en 1816, pour reparaître en 1825, à l'instigation du libraire Capelle, et sous la présidence de Désaugiers.

Il ferme en 1827, à la mort de son président.

Le *Caveau* d'aujourd'hui, qui ne date que de 1814, a conservé le verre de Panard. On le considère comme un Saint-Ciboire dans cette église de la Chanson.

A chaque réunion du *Caveau*, ce verre est placé sur la table, en face du président.

Cette société poétique, écrit Henri Avenel, a perdu de sa célébrité passée. Elle chemine toujours dans ses vieille ornières. Elle ne communique pas avec les idées nouvelles. (Voir *Chansons et Chansonniers*, par Henri Avenel).

(1) Désaugiers.

(2) Chanson de réception au « Caveau moderne » (1813).

nesse dorée du temps, mais la nouvelle génération des chansonniers. J'acceptai la proposition. Ce restaurant, ou plutôt cette table d'hôte se trouvait rue Basse-du-Rempart, au fond de deux cours, dans une maison qui a disparu, en face du ministère des affaires étrangères, démoli aussi depuis longtemps, on se réunissait là de temps en temps, *loin des regards jaloux de la police.*

Eugène POTTIER

« Le dîner était médiocre, et le traiteur manquait de confiance envers ses clients car *le cachet rouge à quinze* n'était délivré que contre remboursement immédiat et même anticipé ! Mais on n'était pas là pour manger ni pour boire. Nous avions Pierre Dupont et Gustave Mathieu qui brillaient au milieu de leurs satellites. Nous avions le peintre Fontalard qui nous fit connaître les historiettes nouvelles pour moi, et peut-être pour tous, qui ont popularisé le nom de Calino. Je vous laisse à penser ce qui se débita de chansons dans ce cénacle de la libre expression ; mais par dessus toutes, j'en remarquai une ayant pour titre : *La Propagande des Chansons,* chantée par un homme dont j'ignorais complètement l'existence et dont je demandai le nom.

« — Pottier (1), me fut-il répondu.

« Je fus fort ému de la fierté, de la véhémence de ces couplets révolutionnaires et, sans être entraîné par la doctrine, je me passionnai pour le talent de cet homme qui se révélait soudainement. Je m'approchai de Pierre Dupont et lui demandai son avis. Voici sa réponse textuelle :

« C'est un qui nous *dégote* tous les deux. »

La réponse est-elle assez franche ? Et que faut-il admirer le plus de la modestie de ceux qui rendent un tel jugement ou du talent de celui qui en est l'objet ? Voici du reste cette chanson, sur l'air de la *Boulangère a des écus,* qui empoigna si bien Nadaud et Dupont :

Le monde va changer de peau ;
Misère, il fuit ton bagne ;
Chacun met cocarde au chapeau,
L'ornière et la montagne !
Sac au dos, bourrez vos caissons,
Entrez vite en campagne,
Chansons,
Entrez vite en campagne !

Avec vous montant aux greniers
Que l'espoir s'y hasarde !
Grabats sans draps, pieds sans souliers,
Froid qui mord, pain qui tarde...
On y meurt de bien des façons...
Entrez dans la mansarde,
Chansons,
Entrez dans la mansarde !

(1) Eugène Pottier, le plus grand, le plus fort, le plus pur de nos chansonniers révolutionnaires, était né en 1816, il est mort à Paris le 7 novembre 1887. Plusieurs de ses chansons ont obtenu les premiers prix dans différents concours et notamment à ceux de la *Lice Chansonnière.* Il était loin de s'attendre à ce que son œuvre sociale, *L'Internationale,* devienne un jour la nouvelle *Marseillaise* des travailleurs.

Que le laboureur indigent
Voie à votre lumière
Si la faux des prêteurs d'argent
Tond ses blés la première :
Mieux vaudrait la grêle aux moissons.
Entrez dans la chaumière,
Chansons,
Entrez dans la chaumière !

Les marchands sont notre embarras.
L'esprit démocratique
Tombe à zéro, — souvent plus bas ! —
Chez l'homme qui trafique.
Tirez du feu de ces glaçons !...
Entrez dans la boutique
Chansons,
Entrez dans la boutique !

En paix, l'armée est un écrou
Dans la main qui gouverne
Pour serrer le carcan au cou
Du peuple sans giberne
Cet écrou, nous le dévissons...
Entrez dans la caserne !
Chansons,
Entrez dans la caserne !

On vous prendra, dit le rusé,
Propriété, famille.
Le propriétaire abusé
S'enferme et croit qu'on pille.
Pour guérir ces colimaçons,
Entrez dans leur coquille !
Chansons,
Entrez dans leur coquille !

Certes, le bon vieux Temps, si agréablement chanté par nos devanciers, n'était pas aussi heureux que certains souvenirs ont pu nous le faire croire. Quoiqu'on en dise, le passé valait bien moins que le présent qui fera naître par la force naturelle des choses un avenir meilleur pour tous ; mais peut-être, jadis, les cœurs étaient-ils plus ouverts, les amitiés plus sincères, et la gaieté surtout plus vive, plus saine et plus communicative.

Comme dans ce chef-d'œuvre de Désaugiers (1), par exemple, qui prouve qu'on peut tout aussi bien, sinon plus, divertir le public avec des œuvres spirituelles, qu'avec de grossières insanités :

MONSIEUR ET MADAME DENIS

SOUVENIR NOCTURNE DE DEUX ÉPOUX DU XVIIJ^e^ SIÈCLE

Il avait plu toute la journée et, n'ayant pu aller, le soir, faire leur partie de loto chez Mme Caquet, sage-femme, rue des Martyrs, Monsieur et Madame Denis s'étaient couchés de bonne heure. Au bout de vingt-trois minutes, Madame Denis, qui ne dormait pas, impatientée du silence de son mari, qui n'avait pas cessé de lui tourner le dos, soupira trois fois et prit la parole :

MADAME DENIS :

Quoi ! vous ne me dites rien ?
Mon ami, ce n'est pas bien ;
Jadis, c'était différent ;
Souvenez-vous-en... (*bis*).
J'étais sourde à vos discours,
Et vous me parliez toujours.

MONSIEUR DENIS, *se retournant*

Mais m'amour, j'ai sur le corps
Cinquante ans de plus qu'alors ;
Car c'était en mil sept cent :
Souvenez-vous-en .. (*bis*).
An premier de mes amours.
Que ne duriez-vous toujours !

(1) Marc-Antoine-Madeleine Désaugiers, l'immortel chansonnier de table, était né à Fréjus, en Provence, le 17 novembre 1772. Il mourut le 9 août 1827, de la maladie de la pierre.
Voici d'ailleurs son épitaphe faite par lui-même :

Ci-gît, hélas ! sous cette pierre
Un bon vivant mort de la pierre ;
Passant, que tu sois Paul ou Pierre,
Ne va pas lui jeter la pierre.

MADAME DENIS, *se ravisant*

C'est de vous qu'en sept cent un
Une anguille de Melun
M'arriva si galamment !
Souvenez-vous-en... (*bis*),
Avec des pruneaux de Tours
Que je crois manger toujours.

MONSIEUR DENIS

En mil sept cent deux, mon cœur
Vous déclara son ardeur :
J'étais un petit volcan !
Souvenez-vous-en... (*bis*).
Feu des premières amours,
Que ne brûlez-vous toujours !

MADAME DENIS

On nous maria, je crois,
A Saint-Germain-l'Auxerrois.
J'étais mise en satin blanc,
Souvenez-vous-en... (*bis*).
Du plaisir charmants atours,
Je vous conserve toujours.

MONSIEUR DENIS, *se mettant sur son séant*

Comme j'étais étoffé !

MADAME DENIS, *s'asseyant de même*

Comme vous étiez coiffé !

MONSIEUR DENIS

Habit jaune en bouracan ;
Souvenez-vous-en... (*bis*).

MADAME DENIS

Et culotte de velours
Que je regrette toujours.

Continuant

Comme, en dansant le menuet,
Vous tendîtes le jarret !
Ah ! vous alliez joliment !
Souvenez-vous-en (*bis*).
Aujourd'hui nous sommes lourds ;

MONSIEUR DENIS

On ne danse pas toujours.

S'animant

Comme votre joli sein
S'agitait sous le satin !
Il était mieux qu'à présent ;
Souvenez-vous-en... (*bis*).
Belles formes, doux contours,
Que ne durez-vous toujours !

MADAME DENIS

La nuit, pour ne pas rougir,
Je fis semblant de dormir.
Vous me pinciez doucement ;
Souvenez-vous-en... (*bis*).
Mais à présent, nuits et jours,
C'est moi qui pince toujours !

MONSIEUR DENIS

La nuit, lorsque votre époux
S'émancipait avec vous,
Comme vous faisiez l'enfant !
Souvenez-vous-en... (*bis*).
Mais on fait les premiers jours
Ce qu'on ne fait pas toujours.

MADAME DENIS

« Comment avez-vous dormi ? »
Nous demandait chaque ami.
« Bien », répondais-je à l'instant,
Souvenez-vous-en... (*bis*).
Mais nos yeux et nos discours
Se contredisaient toujours.

MONSIEUR DENIS, *lui offrant une prise de tabac*

Demain songez, s'il vous plaît,
A me donner mon bouquet.

MADAME DENIS, *tenant la prise de tabac sous le nez*

Quoi ! c'est demain la Saint-Jean ?

MONSIEUR DENIS, *rentrant dans son lit*

Souvenez-vous-en... (*bis*)
Epoque où j'ai des retours
Qui me surprennent toujours.

MADAME DENIS, *se recouchant*

Oui, jolis retours, ma foi !
Votre éloquence avec moi
Eclate une fois par an ;
Souvenez-vous-en (*bis*).
Encor votre beau discours
Ne finit-il pas toujours.

Ici MONSIEUR DENIS *a une réminiscence*

MADAME DENIS, *minaudant*

Que faites-vous donc! mon cœur?

MONSIEUR DENIS

Rien, je me pique d'honneur

MADAME DENIS

Quel baiser!... il est brûlant...

MONSIEUR DENIS, *toussant*

Souvenez-vous-en... (*bis*)

MADAME DENIS, *rajustant sa cornette*

Tendre objet de mes amours,
Pique-toi d'honneur toujours!

Ici le couple bâilla,
S'étendit et sommeilla.
L'un marmottait en ronflant...
« Souvenez-vous-en (*bis*),
L'autre : « Objet de mes amours,
Pique-toi d'honneur toujours! »

A. Désaugiers.

Désaugiers a laissé un fils également chansonnier, Eugène-Auguste (1804-1871), duquel est paru en 1872, sous le titre *Les Épaves*, un intéressant volume de chansons de 300 pages.

Jules Janin, notre immortel compatriote, esquissait ainsi, en quelques lignes, le profil de cette ombre chérie, dans le *Journal des Débats*, du 20 novembre 1871 :

« Celui-là portait un nom célèbre ; il s'appelait Désaugiers, le fils du chansonnier qui fut le parrain de Béranger, le poète et le conseiller que nous avons tant regretté dans nos dernières misères. Ce premier Désaugiers fut longtemps le maître et le président de nos fêtes bourgeoises ; il riait d'un si beau rire, il avait à son service de belles rimes, dont se composaient ses plus belles chansons! Son fils était digne de porter le nom de son père. Un esprit très cultivé, une âme vaillante, il aimait la musique et les chansons ; c'était l'urbanité même, et quand par bonheur il venait au *Caveau*, il consentait à chanter quelque chose, en cette société du *Caveau* qui chante, on se taisait pour l'entendre et pour l'applaudir. Sa mort, comme sa vie, a fait peu de bruit, et maintenant ses confrères s'étonnent qu'avec un si beau nom, un si brave homme en arrive à des funérailles si modestes. Il est écrit : *Malheur à ceux qui rient, silence à ceux qui ne rient plus.* »

Parmi nos ancêtres en chansons les plus spirituellement égrillards, je dois rappeler le grivois souvenir du joyeux abbé de Lattaignant (1) qui compléta cette antique chanson

(1) Gabriel-Charles de Lattaignant naquit à Paris en 1697. *Les Poésies et Chansons de l'Abbé de Lattaignant* parurent en 1750, en quatre volumes in-12. Il mourut à Paris, le 10 janvier 1779, après avoir composé un grand nombre de rondeaux, d'épitres, d'épigrammes, de fables, d'odes et de cantiques spirituels.

d'éternument philosophique dont voici les deux premiers couplets :

J'ai du bon tabac dans ma tabatière,
J'ai du bon tabac, tu n'en auras pas.
J'en ai du fin et du râpé,
Ce n'est pas pour ton fichu nez.
J'ai du bon tabac dans ma tabatière,
J'ai du bon tabac, tu n'en auras pas.

Ce couplet connu que chantait mon père,
A ce seul couplet il s'était borné.
Moi, je me suis déterminé
A le grossir comme mon nez.
J'ai du bon tabac dans ma tabatière.
J'ai du bon tabac, tu n'en auras pas.

. . . .

Abbé de LATTAIGNANT

Je ne puis résister au désir de citer encore du galant abbé, cette voluptueuse expression de l'*Amant discret* :

J'aime plus que ma vie
Un objet plein d'appas ;
Est-ce Aminte ou Sylvie ?
Je ne la nomme pas.
Je consens qu'on devine
A ma façon d'agir,
Quelle est mon héroïne ;
Ça fait toujours plaisir.

Je ne crains auprès d'elle
Ni rivaux, ni jaloux,
Ni le soin, ni le zèle
D'un trop heureux époux.
Je vois sans jalousie
Les baisers de Zéphir ;
Elle en est embellie :
Ça fait toujours plaisir.

Qu'une beauté nouvelle
Se présente à mes yeux,
J'en fais le parallèle,
Et nulle autre n'est mieux.
Je crois, quand je sommeille,
Dans mes bras la tenir ;
Et quand je me réveille,
Ça fait toujours plaisir.

Sans doute, au temps où nos aïeux chantaient ainsi gaiement, l'existence humaine avec beaucoup moins de liberté était encore plus dure qu'à présent. Mais en présence des drames journaliers qu'enfante la misère, le chansonnier d'aujourd'hui, pour peu qu'il ait quelque chose sous la mamelle gauche, est moins porté à chanter le vin, le plaisir et la gaudriole.

Si la chanson est une arme française, comme l'a dit excellemment Jules Claretie, c'est apparemment pour frapper qu'il faut s'en servir. Il y a des abus à détruire, des vices à flageller, des iniquités à réparer et, tant que nous ne trouverons pas que tout est pour le mieux dans le meilleur des mondes, nous frapperons de cette arme.

Aussi bien, la mode est passée des romances sentimentales, des contes à Fleurette et des madrigaux musqués. Il faut une chanson plus virile et plus vraie. Nous nous apitoierons sur le sort des petits oiseaux abandonnés quand nos petits à nous, auront leur pitance. La nature a peu de charmes pour qui a le ventre creux et la chanson des blés d'or ne nous est douce qu'autant qu'il nous en revient quelques épis.

Je ne veux pas dire que la chanson toujours endeuillée et larmoyante doive dégénérer en complainte ; mais il faudrait que, dans les œuvres les plus frivoles, le poète mît une note émue, un sentiment humanitaire : un peu moins d'esprit, si l'on veut, et un peu plus de cœur.

Rappeler aux hommes qu'ils sont frères, que le malheur de l'un ne doit pas laisser l'autre indifférent, leur apprendre à s'aimer, à s'entr'aider, voilà quel doit être notre but, chansonniers, mes amis ; voilà la corde qu'il faut faire vibrer. Et si, dans la cuirasse dont s'enveloppe l'égoïste, nous parvenons à trouver quelque fissure par où pénètre l'arme chanson, enfonçons-la profondément ; laissons le fer dans la plaie, le refrain dans l'oreille ; peut-être ira-t-il jusqu'au cœur, et celui-là aura fait œuvre utile, œuvre d'homme, qui aura gagné un de ses frères à la cause de l'Humanité.

Une ère plus heureuse s'ouvrira-t-elle pour les déshérités ? Le siècle qui vient d'éclore nous sera-t-il moins dur ? Je le souhaite et j'ose l'espérer, mais en attendant l'heureux jour où nous pourrons chanter le *Bonheur universel*, je me contenterai de clore cette introduction par diverses appréciations d'auteurs célèbres sur la *Marseillaise* et l'*Internationale*, ces deux immortelles productions que je me dispenserai de reproduire dans cet ouvrage, leurs énergiques paroles aux musiques entrainantes et aux refrains vibrants étant pour longtemps encore sur les lèvres et dans les cœurs de tous les humains :

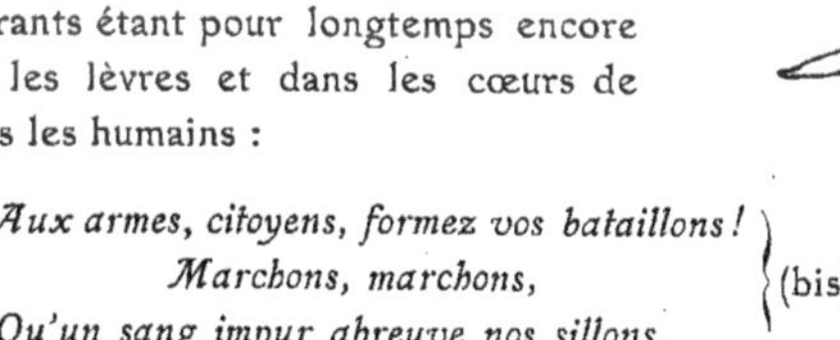

Aux armes, citoyens, formez vos bataillons !
Marchons, marchons, (bis)
Qu'un sang impur abreuve nos sillons.

C'est la lutte finale,
Groupons nous et demain,
L'Internationale (bis)
Sera le genre humain.

Ces quatre refrains de de Rémy Doutre : *Eloge de la Marseillaise*, résument à eux seuls toutes les louanges que l'on peut chanter en l'honneur de l'hymne superbe de Rouget de Lisle :

Quand les tyrans furent battus
Par la République Française,
Nos soldats à demi vêtus,
Chantaient gaiement La Marseillaise !

Quand par l'ordre d'un balladin,
Paris fut charnier et fournaise,
Autour du regretté Baudin,
Que chantait-on ? La Marseillaise !

Quand frappant Barra dans nos rangs,
Une baïonnette française
En fit un héros de quinze ans :
Que chantait-il ? La Marseillaise !

Si la Prusse à Metz, à Forbach,
Vainquit notre armée à son aise,
C'est qu'autour des feux du bivouac
Ne tonnait plus La Marseillaise !

Quant à l'hommage à rendre impartialement au chœur magistral d'Eugène Pottier, je détache ce passage du long et intéressant article que le vaillant écrivain du prolétariat, Jullien Rollan, a écrit à ce sujet :

« ... Il a été beaucoup écrit ces temps derniers, à propos de l'*Internationale* que les modérés de mauvaise humeur accusent d'être un chant mystique et que les réactionnaires bon teint, de mauvaise foi accusent d'être un chant excitant les citoyens à la haine des uns contre les autres.

« Quoi qu'on fasse, dit Louis Dubreuilh, l'*Internationale* demeurera l'expression des colères et des espérances prolétariennes. Elle possède cette supériorité de traduire une des idées essentielles du socialisme et la plus indispensable peut-être à la victoire finale, la solidarité de la classe ouvrière à travers le monde et c'est bien ce qui inquiète et « indigne » les plumitifs de la bourgeoisie.

« Si l'on compare les paroles de la *Marseillaise* à celles de l'*Internationale*, écrit Paul Brousse, toute la modération est à l'avantage de l'œuvre de Pottier. C'est un cri d'espérance, certes, mais c'est aussi une voix de résignation.

« Combien plus modérée comme ton que notre vibrant appel aux armes ! notre tocsin contre les hordes d'esclaves, les traîtres et les rois conjurés ! Et il faut toute la *solidité* des conventions diplomatiques pour oser crier sous la moustache de nos royaux visiteurs les couplets de la *Marseillaise*.

« L'*Internationale*, dit Gérault-Richard, n'est un chant antinational pas plus que l'internationalisme, expression actuelle de l'alliance des peuples et de la paix universelle, n'exclut chez nous l'attachement à la France, patrie de la Révolution. Et Jaurès d'écrire que l'*Internationale* n'a été que la suite prolétarienne de la *Marseillaise*.

« L'action entraînante de ce chant révolutionnaire sur les masses socialistes, si elle est due à la poésie large de Pottier, est redevable quelque peu au sentiment profond, à l'allure imposante de la musique du belge Degeyter. C'est même la musique qui est cause que quelques imbéciles de plume ont taxé légèrement l'*Internationale* de mysticisme. S'ils pouvaient l'avoir entendue, assurément ils ne l'avaient point lue.

« Nous avons omis à dessein, écrit encore Julien Rollan, un couplet, le cinquième, que les écrivains de la bourgeoisie ont torturé et dénaturé afin d'en changer complètement le sens et montrer par là que l'*Internationale* est bien un chant excitant les citoyens à la haine des uns contre les autres

« Il s'agit, dit M. Aulard, des rois qui veulent, par ambition dynastique, faire que les peuples s'entr'égorgent ; ces rois sont traités de cannibales et les soldats sont invités à tirer sur ceux des généraux de ces rois qui les pousseraient à verser le sang des autres peuples pour satisfaire l'ambition desdits rois.

« L'*Internationale*, ajoute M. Aulard, glorifie nos grandes et hardies espérances d'avenir, l'avènement de la démocratie totale ; elle est le chant des républicains d'avant-garde. » Et Louis Dubreuilh dit encore : « L'*Internationale* demeurera dans l'atelier, dans la mine, sous le chaume, dans la rue, en attendant les jours de la lutte finale, où à ses accents s'écroulera le vieux monde. »

Ordre général des Matières [1]

PAGES

SOMMAIRES

PREMIÈRE PARTIE

DEUXIÈME PARTIE

TROISIÈME PARTIE

MÉMOIRES DE L'AUTEUR

(1) Les chiffres romains se rapportent à la pagination relative aux *Avant-Propos*, *Préface* et *Introduction*.

QUATRIÈME PARTIE

TABLE DES ILLUSTRATIONS

(GRAVURES ET DESSINS ALLÉGORIQUES)

(PORTRAITS ET GROUPES)

TABLE DES CHANSONS POÉSIES

(STROPHES ET COUPLETS DÉTACHÉS EXCEPTÉS)

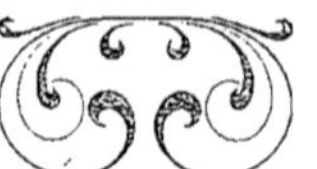

ERRATA

Page 50, 7ᵉ ligne, au lieu de Pierre Desaugiers, lire : Marc-Antoine Desaugiers.

Page 63. Le dernier refrain de *Charmant Ruisseau* doit être ainsi constitué :

Toi qui roules ton eau pure
Sous l'herbe, sous l'arbrisseau,
J'applaudis à ton murmure
Bien, très bien, charmant ruisseau !

Page 68, *Le Ruban*, 8ᵉ ligne du quatrième couplet, au lieu de : *Que plus d'un peuple convie*
lire : *Que plus d'un peuple nous convie.*

Page 73, à la note-renvoi, au lieu de : Notre grand artiste stéphanois, Georges Dupré va mettre à exécution la « Muse de l'Age d'Or », destinée à la publication du présent ouvrage. — *Note à annuler.* Le grand artiste G. Dupré ayant lui-même détruit la maquette de son œuvre après exécution ne la trouvant pas assez bien réussie, selon sa propre expression.

Page 93, 1ʳᵉ ligne de la note-renvoi sur Pierre Dupont, au lieu de : était né à Rochetaillée (Rhône), lire : était né à Lyon.

Page 110, 6ᵉ ligne, au lieu de : 1ᵉʳ régiment, lire : 1ᵉʳ bataillon.

Page 127, 13ᵉ ligne, au lieu de Verlachère, lire Verlochère.

Page 249, 3ᵉ ligne du 2ᵉ couplet de *La Saint-Eloi*, reconstituer ainsi le troisième vers qui manque :

Saint-Eloi regardait

Page 243, 5ᵉ vers du couplet d'*Homère aveugle* reconstituer ainsi le cinquième vers qui manque :

Et quand les malheureux privés de la lumière

Page 309, 8ᵉ et 10ᵉ vers du deuxième couplet des *Chimères*, au lieu de :

Qui nichent dans les cervelles
Qui nichent dans les cerveaux.

lire :

Qui se nichent dans les cervelles
Qui se nichent dans les cerveaux.

Page 325, 6ᵉ ligne, au lieu de 1890, lire 1900.

Page 349, 30ᵉ ligne, au lieu de : Elise Odin nous chante sur l'air des *Stances à Manon*, une de ses poésies favorites, etc..., lire : Elise Odin nous chante sur l'air des *Stances à Manon* une des poésies favorites de son frère *E. Depreuves.*

Page 352 au lieu de 552.

Page 355, 38ᵉ ligne, au lieu de : Il était né à Boulogne-sur-Mer, lire : Il était né à Boulogne-sur-Seine.

Page 357, 6ᵉ ligne, *Le Bal à l'Hôtel de Ville* attribué à Jules Jouy, est de Mac-Nab.

Page 365, 26ᵉ ligne, au lieu de Margerie, lire Marquerie.

Page 366, au bas du portrait de G. Mathieu, au lieu de : Décédé à Paris en 1862, lire : Décédé à Bois-le-Roi en 1878.

Page 370, 1ʳᵉ ligne sur A. de Musset, au lieu de (1804-1880), lire (1810-1857).

Page 372, 2ᵉ ligne, au lieu de Legentie, lire Legentil.

Page 375, 30ᵉ ligne, au lieu de Parizot, lire Morizot.

Page 410, premier vers de la cinquième strophe, au lieu de : *Après l'avoir donné*
lire : *Après t'avoir donné.*

Page 410, premier vers de la sixième strophe, au lieu de : *Ton cœur se bornera*
lire : *Ton cœur se donnera*

Page 431, 21ᵉ ligne, au lieu de : n'est autre que le poète-journaliste roannais Louis Mercier, lire : *ne doit pas être confondu* avec le poète-journaliste roannais Louis Mercier, l'auteur de *Voix de la Terre et du Temps.*

Page 460, 4ᵉ et 5ᵉ ligne, au lieu de : études primaires, lire : études secondaires.

Page 463, 11ᵉ ligne, au lieu de Moscheval, lire Marcheval.

Page 472, au bas du portrait, au lieu de Marie Grousson, lire Virginie Grousson.

Page 486, 1ʳᵉ ligne note-renvoi, au lieu de : est né en 1850, lire : est né en 1859.

Même page, dernière ligne de la note-renvoi, au lieu de : immense mosquée, lire : immense église de l'Aya.

Page 487, 1ʳᵉ ligne de la note-renvoi, au lieu de : gigantesque travail d'ornement, lire : de sculpture.

Page 528, 46ᵉ ligne, au lieu de M. Souvejean, lire M. Servajean.

Avis aux Abonnés

Avec les derniers présents fascicules se termine le premier volume de l'*Histoire de la Chanson Stéphanoise et Forézienne.*

Je suis persuadé que mes souscripteurs ne seront pas déçus et qu'au contraire ils me sauront gré des grands sacrifices que je me suis imposé pour leur être utile et agréable dans la confection d'un ouvrage de cette portée et de cette ampleur.

Mais, en présence des frais onéreux de port auxquels je ne m'attendais pas de la part de l'Administration des Postes, dont j'ignorais le règlement en ce qui me concerne, pensant pouvoir expédier, comme bien d'autres confrères, mon ouvrage au prix ordinaire des publications périodiques, soit 1 cent. 1/2 et 3 centimes au lieu de 5 et 10 centimes par fascicule bi-mensuel, je me vois dans la nécessité de réclamer à chacun de mes abonnés habitant hors Saint-Etienne la somme supplémentaire de *UN franc* pour m'aider à combler ce petit déficit budgétaire, *mais à titre facultatif seulement,* ne voulant obliger personne, quoique d'après les engagements signés par mes abonnés et souscripteurs, il est bien stipulé sur le bulletin d'adhésion que les frais de port sont à leur charge, ce qui portera leur exemplaire à 10 francs au lieu de 9 francs.

Ceux de mes abonnés qui n'ont pas encore effectué le montant total de leur abonnement, sont priés de le faire immédiatement ; sinon, je me fais un devoir de les prévenir que je ferai présenter leur dernière quittance dans le plus bref délai.

L'Auteur et le Directeur de l'Imprimerie de la présente Revue Historique de la Chanson locale, ont décidé, d'un commun accord, de ne reculer devant aucun sacrifice pour faire de leur œuvre collective, imprimée sur beau papier avec des caractères de choix et ornée de nombreuses gravures de circonstances, une édition splendide et accessible aux plus petites bourses ouvrières.

Les abonnements et souscriptions sont reçus :

A PARIS : A la Librairie Chansonnière et Musicale, A. Patay, Faubourg Saint-Martin, 31.

A LYON : Chez M. Pierre Doutre, trésorier du Syndicat du Livre, rue Neuve-de-la-Villardière, 59.

A St-ETIENNE : Chez l'Auteur et à l'Union Typographique, 23, rue Raisin.

Le montant de chaque abonnement doit être adressé directement à l'Auteur ou au Directeur de l'Union Typographique, en une ou plusieurs fois au gré des abonnés, mais de préférence par fraction régulière de 1 fr. 50, 3 fr. et 6 fr., c'est-à-dire par trimestre, semestre ou par année. Tout versement effectué dans ce sens, sera l'objet d'une quittance ou d'une insertion dans le *Petit Courrier de la Rédaction*.

Quand à la souscription par volume, se composant de toutes les livraisons bi-mensuelles réunies, elle sera perçue à la remise de l'ouvrage, ainsi qu'il est stipulé sur le bulletin d'adhésion.

SAINT-ÉTIENNE
IMPRIMERIE COOPÉRATIVE " L'UNION TYPOGRAPHIQUE "
23, *Rue Raisin*, 23
—
1906

www.ingramcontent.com/pod-product-compliance
Ingram Content Group UK Ltd.
Pitfield, Milton Keynes, MK11 3LW, UK
UKHW022147190726
13855UKWH00004B/1379

9 782013 064828